Tortillas

Tortillas

ISBN: 978-0-578-99687-5
LCCN: 2021919437

Published by Espibano
Printed and bound in the United States of America

Tortillas

Written by **Maria Teresa Ornelas Ibarra**

Illustrated by **Rainy Gonzales**

"Wake up," is the way of greeting the morning in my home each day.

"One, two, three, upsies, upsies," says grandma.

The aroma of breakfast in the air. Eggs, chorizo, coffee, and my favorite, fresh tortillas! Round, beautiful tortillas with butter, oooh so wonderful!

"Come on everyone, brush your teeth and get ready."

Every day the same, normal, routine.

BUT THIS DAY WAS THE OPPOSITE OF NORMAL.

"Despierten", es la forma de saludar la mañana en mi casa todos los días.

"Uno, dos, tres, upsies, upsies", dice la abuela.

El aroma del desayuno en el aire. Huevos, chorizo, papitas, café, y mis favoritas, tortillas frescas. Redonditas, hermosas tortillas con mantequilla, aye que maravilla!

"Vamos todos, lávense los dientes y prepárense."

Todos los días la misma rutina.

PERO ESTE DÍA FUE LO OPUESTO DEL NORMAL.

Downstairs I hear my grandmother humming, hmmmm, hmmm, my brothers Feliz and Macedonio are arguing about a blue shirt each one wants to wear.

My Sister Lorena is coming down the steps, gives me a rap on the head, with, "Buenos Dias," while repairing the belt of her dress.

Down the stairs in the kitchen Mama tells us, "lower your voice, Dad worked all night, he's asleep."

Por las escaleras escucho a mi abuela tarareando, hmmmm, hmmm, mis hermanos Feliz y Macedonio están discutiendo sobre una camisa azul que cada uno quiere usar.

Mi hermana Lorena está bajando las escaleras, me da un rap en la cabeza, con, "Buenos Dias", mientras repara el cinturón de su vestido.

Por las escaleras de la cocina mamá nos dice, "baja tu voz, papá trabajó toda la noche, está dormido".

Brrrring, brrring, the wall phone rings. Mama answers.

A few seconds later she hangs up and says, "Balgame, you have no school. The pipes havw burst and there's a great disaster at school."

"Yahooo! Yahoo!" we holler.

"Quiet, silence, you'll wake your dad."

I'm going to enjoy my breakfast and tortillas even more!

Brrrring, brrring, el teléfono de la pared suena. Mamá responde.

Unos segundos más tarde cuelga y dice, "Balgame, no tienen escuela. Las tuberías estallaron y hay un gran desastre en la escuela."

Gritamos, "¡Yahooo! Yahoo!"

"Silencio, silencio, despertarás a tu papá."

¡Voy a disfrutar, aún más de mi desayuno y tortillas.

Ding, Dong.

"Balgame who could it be this early?" says Mama.

Before she opens the door, she sees its Manuel a family friend. As Manuel enters he says, "Good morning Ornelas family. How is everyone?"

"Well, thank you," says Mama. "Come on in to the kitchen. To what do we owe this visit Manuel? Would you like breakfast?"

"No, thanks. I'm here because I'm worried about my favorite family," says Manuel. "The officers are looking for a person who steals tortillas."

Ding, Dong.

"Balgame, ¿quién será tan temprano?" dice mamá.

Antes de abrir la puerta ve a Manuel un amigo de la familia. Cuando Manuel entra, dice, "Buenos días familia Ornelas. ¿Cómo está todo el mundo?"

"Bien, gracias," dice mamá. "Vamos a la cocina. ¿A qué debemos esta visita Manuel? ¿Te gustaría el desayuno?"

"No, gracias. Estoy aquí porque estoy preocupado por mi favorito de mi familia," dice Manuel. "Los oficiales están buscando a una persona que roba tortillas."

While Mom talks to Manuel, my brothers and I keep eating. Grandma continues to make tortillas, and as always, puts them right on the window sill. Manuela, Lorena's friend, knocks on the kitchen door.

"Come in Manuela," says Lorena.

Manuela, in a jogging suit, comes up to the window sill and extends her arm to get a tortilla and says, "Stingy. You couldn't even leave a single tortilla in case company comes? I'll wait a while until Mrs. Rebecca has more tortillas made."

Mientras Mamá habla con Manuel, mis hermanos y yo seguimos comiendo. La abuela continúa haciendo tortillas, y como siempre las pone justo en el alféizar de la ventana. Manuela, la amiga de Lorena, llama a la puerta de la cocina.

"Pasa Manuela", dice Lorena.

Manuela en traje de jogging se acerca al alféizar de la ventana y extiende su brazo para conseguir una tortilla y dice, "¿Ni siquiera una sola tortilla podrían dejar en caso de que venga compañía? Voy esperar un tiempo hasta que la señora Rebecca tiene más tortillas hechas."

"What a wonderful day, we have no school!" she says. "And it being Friday we have three free days. Oh that's great!"

Macedonio, with loving eyes and a sigh, answers Manuela saying, "Yes, wonderful. It would be a pleasure to share my tortilla with you Manuela."

Feliz gives Lorena a nudge. She giggles.

Giving thanks for the information, Mama accompanies Manuel to the door. As he's leaving Manuel says, "Oh be careful. Who knows what else that person can do."

"¡Qué día tan maravilloso, no tenemos escuela!", dice Manuela. "Y siendo viernes tenemos tres días libres, Aye que suave!"

Macedonio con ojos amorosos y un suspiro, responde a Manuela diciendo: "Sí, maravilloso. "Sería un placer compartir mi tortilla con usted Manuela."

Feliz le da un empujón a Lorena. Se ríen.

Dando gracias por la información, mamá acompaña a Manuel a la puerta. Mientras Mama lo acompaña a la puerta, Manuel dice, "Aye, tengan cuidado, quién sabe qué más puede hacer esa persona".

Grandmother Rebecca continues making tortillas. Our conversation about the pipes bursting at school continues. Lorena offers to help Grandma.

"No!" we all holler at Manuela.

Lorena explains to Manuela that Grandma doesn't like to help in making tortillas unless she's giving us lessons on making tortillas.

"The tortillas!" yells Grandma. "Children you do not play with food."

"What are you talking about Grandma?" Feliz asks.

"Don't be silly, I'm talking about the tortillas I just made."

We give Gramma a questionable look . "We've been hit by the tortilla bandit," says Grandma.

"Aaaa, there he goes with a tortilla in his mouth and the others in his hand," says Macedonio.

Abuela Rebecca continua haciendo tortillas. Nuestra conversación sobre las tuberías que estallan en la escuela continúa. Lorena se ofrece a ayudar a la abuela.

"¡No!" Gritamos todos a Manuela.

Lorena le explica a Manuela que a la abuela no le gusta la ayuda para hacer tortillas, a menos que nos dé lecciones sobre cómo hacer tortillas podemos participar.

"¡Las tortillas!", grita la abuela. "Niños no se juega con la comida."

"¿De qué estás hablando abuela?" Feliz pregunta.

"No seas tonto, estoy hablando de las tortillas que acabo de hacer."

Le damos una mirada cuestionable a abuela. "Nos ha robado el bandido de tortillas", dice abuela.

"Aaaa, allí va con una tortilla en la boca y las otras en la mano," dice Macedonio.

At that time Mama enters the kitchen. "What is all this noise about?"

"The Bandit took our tortillas right from under our noses," Feliz adds.

Suddenly, Grandma runs after the Bandit with the rolling pin in hand. "Grandma!" We all shout. We get up to go after Grandma. Feliz gives his tortilla one last bite and runs off. Lorena and Manuela get up, but Manuela stumbles, Macedonia pretends to trip and gets close to Manuela with a flirtatious smile. One by one we run through the kitchen door. Grandma first, I go after Grandma, then Feliz, Lorena, Manuela, and close to her Macedonia.

En ese momento mamá entra a la cocina. "¿De qué se trata todo este ruido?"

"El bandido tomó nuestras tortillas, justo debajo de nuestras narices," Feliz añade.

De repente, la abuela corre tras el bandido con el rodillo en la mano. "¡Abuela!" Todos gritamos. Todos nos levantamos para ir tras la abuela. Feliz le da un último bocado a su tortilla y huye. Lorena y Manuela se levantan, pero Manuela se tropieza, Macedonia finge tropezar y se acerca a Manuela con una sonrisa coqueta. Uno a uno corremos por la puerta de la cocina. Abuela primero, después yo la sigo, luego Feliz, Lorena, Manuela, y cerca de Manuela, Macedonia.

We go running down the street, passing the church, the hardware store, and down the block. In every home we see familiar people. They look at us curiously.

We see Mima watering the trees. "Good morning," she says.

"Aaaa, she wet me," shouts Macedonio.

We turn to the right and pass the supermarket. We see a lady named Debbie with her fluffy hairdo, and Didi in high heels. Ms. Boo tries to catch her dogs that escaped while she puts her groceries in the car. Running along we go right down the street along Central School. As we're still running, Grandma demands the Bandit to stop.

Vamos corriendo por la calle, pasando por la Iglesia, la ferretería, y por la cuadra. En cada hogar vemos personas conocidas, nos miran con curiosidad.

Vemos a Mima regando los árboles, "Buenos días dice."

"Aaaa, me mojó," grita Macedonio.

Giramos a la derecha, y pasamos por el supermercado. Vemos a una señora llamada Debbie con su peinado esponjoso, y a Didi en tacones altos. Boo tratando de atrapar a sus perros que escaparon mientras ella pone sus comestibles en el coche. Corriendo vamos por la calle a lo largo de la Escuela Central. Como todavía estamos dirigiendo la abuela exige al Bandido que se detenga.

We saw Ms. Lisa and Ms. Kika keeping an eye on students during recess. Ms. Lisa asks, "What's happening?"

We continue on, and on the other side to the Western Auto store a woman who is called Kathy is loading her truck with tires. She screams at us, "are you in danger, can I help you?"

We answer, "No thank you, we're fine."

Breathing deeply, I can smell the delicious aroma of the bakery. John is taking a big bite from a croissant I would love to be eating right now. Mr. Chaires and his brother Richard are talking outside the bank. They look at us with curiosity as everyone else has. As we go by the flower shop we see so many beautiful, colorful flowers. Macedonio grabs flowers for Manuela, leaving money on the register with the florist Victoria. Mr. Bryson comes out with a bunch of flowers for his wife Marsha. Our house is now just around the corner.

La Sra. Lisa y la Sra. Kika vigilan los estudiantes durante el recreo. La Sra. Lisa pregunta: "¿Qué está pasando?"

Seguimos, y al otro lado de la tienda Western Auto una mujer que se llama Kathy está cargando su camión con llantas, nos grita, "¿estás en peligro, puedo ayudarte?"

Todos respondemos: "No gracias, estamos bien."

Respirando profundamente puedo oler el delicioso aroma de la panadería. . Bryson está tomando una mordida de una croissant que me encantaría comer ahora mismo. Sr. Chaires y su hermano Richard están hablando fuera del Banco. Nos miran con curiosidad como todos. A medida que pasamos por la floristería vemos tantas flores hermosas y coloridas. Macedonio agarra flores para Manuela, dejando dinero en la caja registradora con la florista Victoria. Johnny sale con montón de flores para su pareja Marsha. Nuestra casa está a la vuelta de la esquina.

"We lost him!" Lorena says out of breath. "Where could he have gone?"

We walk the rest of the way. Arriving at home, we sit down to rest. After a short time, someone dressed in a trench coat comes to the kitchen. Mama is behind him giggling.

"Mama, be careful it's the Bandit!" we yell as we jump him.

"AAAAAYYYEE!" shouts the Bandit.

Mama exclaims, "No, get off, it's your dad!"

When we hear it's Dad we let him go.

"Balgame," says Grandma, "it is my son. What are you doing dressed like that?"

Dad gets up, shakes off his clothing and fixes his hair.

"Lo perdimos!" Lorena dice perdiendo su aliento. "¿Adónde podría haber ido?"

Caminamos el resto del camino. Al llegar a casa nos sentamos a descansar. Después de un corto tiempo alguien vestido con una gabardina viene a la cocina. Mamá está detrás de él riendo.

"Mamá, ten cuidado de que sea el Bandido!" Gritamos mientras lo saltamos.

"Aaaaayyyee!" Grita el bandido.

Mamá exclama, "No, bájate, ¡es tu papá!"

Cuando oímos que es papa lo dejamos ir.

"Balgame", dice la abuela, "es mi hijo". "¿Qué haces vestido así?"

Papá se levanta, se sacude la ropa y se arregla el pelo.

Mom and Dad look at us for a while then laugh.

"April Fools!"

We respond with, "WHAT?!"

"How can this be?" asks Lorena.

Mom and Dad explain on the night the pipes burst in the school they came up with the idea of the Bandit joke. Dad said during work at the factory they were told what had happened. Dad called Mom and Mom spoke to Manuel and organized the joke. "We didn't want you to sit idle all day, so if you think about it, today is the day for jokes. Our plan worked very well."

Grandma asks, "How about me?"

Dad replied, "What can I say Mama, we didn't think you would go after the bandit, but it was good exercise for you, wasn't it? You're always saying you need to exercise."

Grandma gives Dad a tap on his behind with the rolling pin.

Mamá y papá nos miran un rato y luego se ríen.

"¡Día de los Inocentes!"

Respondemos con, "¡Qué!"

"¿Cómo puede ser esto?" Pregunta Lorena.

Mamá y papá explican la noche en que estallaron las tuberías en la escuela se les ocurrió la idea de la broma del bandido. Papá dijo que durante el trabajo en la fábrica les dijeron lo que había pasado. Papá llamó a mamá y mamá habló con Manuel y organizaron la broma. "No queríamos que se quedaran inactivo todo el día, y si lo piensas, hoy es el día para las bromas. Nuestro plan funcionó muy bien."

La abuela pregunta: "¿Qué hay de mí?" Papá respondió. ¿Qué puedo decir mamá, no pensamos que irías tras el bandido, pero fue un buen ejercicio para ti, ¿no? Siempre estás diciendo que necesitas hacer ejercicio.

La abuela le da a papá un toque en su trasero con el rodillo.

"Oh my son, you're naughty, you've always liked playing practical jokes." She then says, "Come on, today is a day to practice making tortillas."

We get closer to the stove for our lesson. Macedonio with a cute look reaches over to give the broken flowers to Manuela. With a beautiful smile Manuela accepts the flowers.

"HA, HA, HA, HA!" we all laugh.

"Come on Maclovia," Grandma says to me. "You're the first one. Put an apron on to make tortillas."

The End

"Aye, hijo mío, eres travieso, siempre te ha gustado jugar bromas." Entonces dice, "Vamos, hoy es un día para practicar haciendo tortillas."

Nos acercamos a la estufa para nuestra lección. Macedonio con aspecto lindo se acerca para dar las flores rotas a Manuela. Con una hermosa sonrisa Manuela acepta las flores.

"HA, HA, HA, HA!" todos nos reímos.

"Vamos Maclovia", me dice abuela. "Eres la primera. Ponte un delantal para hacer tortillas".

Fin

Flour Tortilla Recipe

4 - cups flour
1 - tsp. salt
1 1/2 - tsp. baking powder
1 - tbsp. lard
1-1 ½ - cups water

Preheat a large griddle over medium high heat

1. With your hands whisk the flour, salt, and baking powder in a large bowl.
2. Add the lard and mix with your fingers until flaky.
3. Add the warm water and mix until the dough comes together.
4. Place on a lightly floured surface and knead a few minutes until smooth and elastic.
5. Divide the dough into 24 equal pieces and make each piece into a ball.
6. Roll out each dough ball into a thin, round tortilla. Place on the hot skillet, and cook until bubbly and golden. Flip and continue cooking until golden on the other side. Place the cooked tortilla in a tortilla warmer, or large dish towel till cool, then place in a Ziploc bag.

Receta de tortillas de harina

4 - tazas de harina

1 - cucharadita de sal

1 1/2 - cucharadita de polvo de hornear

1 - cucharada de manteca

1 1/2 - tazas de agua

Precalienta comal grande a fuego medio-alto

1. Con las manos, bate la harina, la sal y el polvo de hornear en un tazón grande.
2. Agregue la manteca y mezcle con los dedos hasta que sea escamosa.
3. Agregue el agua tibia y mezcle hasta que la masa se una.
4. Colóquelo sobre una superficie ligeramente enharinada y amasa unos minutos hasta que quede suave y elástico.
5. Divida la masa en 24 piezas iguales y haga cada pieza en una bola.
6. Estira cada bola de masa en una tortilla fina y redonda. Colocar en el comal caliente, y cocina hasta que burbujee y dorado, voltear y continuar cocinando hasta que esté dorado en el otro lado. Coloque la tortilla cocida en un calentador de tortillas, o toalla grande hasta que se enfríe, luego colóquela en una bolsa Ziploc.

Made in the USA
Coppell, TX
20 April 2022

76825979R00019